제 복으로 사는 셋째 딸

* 이 글은 『서울民俗大觀』 6. 구전설화편(서울특별시, 1994)에 실린
「제 복에 먹고 산 딸」을 재구성한 것입니다.

어르신 이야기책 _312 긴글

제 복으로 사는 셋째 딸

초판 1쇄 발행일 2023년 2월 20일

지은이 나은주
그린이 낙송재
펴낸이 이원중

펴낸곳 지성사 출판등록일 1993년 12월 9일 등록번호 제10-916호
주소 (03458) 서울시 은평구 진흥로 68, 2층
전화 (02) 335-5494 팩스 (02) 335-5496
홈페이지 www.jisungsa.co.kr 이메일 jisungsa@hanmail.net

ISBN 978-89-7889-525-5 (03810)

제 복으로 사는 셋째 딸

나은주 글 · 낙송재 그림

 지성사

옛날, 충청북도 증평 땅에 딸 셋을 둔 천석꾼 부자가
살고 있었어.

어느 날, 부자 영감은 방으로 딸들을 불러들였지.
그러고는 먼저 큰딸에게 묻는 거야.

"넌 누구 복으로 잘 먹고 잘 사는 것 같으냐?"

"그야 당연히 아버지 복으로 살지요!"

이번엔 둘째 딸에게 물었다네.

"넌 누구 복으로 편안히 잘 산다고 생각하느냐?"

"물으나 마나지요. 아버지 복으로 호의호식하는 거지요."

영감은 '아버지 복으로 잘 산다'는 말에 기분이 좋아졌지.
이제 셋째 딸 차례였어.

"넌 누구 복으로 걱정 없이 살고 있느냐?"

그러자 막내딸 하는 말이,

"그건 모두 제 복입니다."

이러지 뭔가?

영감은 그 말에 얼굴이 확 굳어졌어.

"뭐? 네 복으로 잘 살아? 이런 당돌한 것 같으니. 당장이 방에서 나가거라!"

두 딸은 서둘러 막냇동생을 끌고 나갔어.

'괘씸한 것 같으니, 어디 두고 보자.'

영감은 씩씩거리며 어떻게 하면 셋째 딸 입에서
'제 복'이라는 말이 쏙 들어가게 하나 궁리했지.

'그래. 위로 두 딸은 소문난 천석꾼 집안 사위를 물색해서
시집보내고, 버릇없는 셋째 고것은 버렁거지처럼 못사는
놈을 골라서 시집을 보내버리자. 고생 쫄쫄이 해봐야
제 애비 은혜를 알지.'

영감은 계획대로 부자 사위들을 골라 큰딸과 작은딸을
후다닥 시집보냈네.

이듬해 봄, 영감은 먼 길을 나섰어. 가난뱅이 셋째 사위를 찾으려는 것이었지.

'가난뱅이 상거지 같은 총각 놈을 어디서 찾는다?'

두 달 넘게 돌아다니느라 지친 영감은 느티나무 그늘에 철퍼덕 앉아 쉬고 있었어.

그때 마침 저쪽에서 나무를 한 짐 짊어진 떠꺼머리총각 하나가 걸어오고 있지 뭔가. 덕지덕지 기운 삼베옷에다 금방이라도 끊어질 것 같은 짚신짝, 이가 득시글댈 것처럼 머리가 헝클어진 총각 놈이었어.

'옳다구나, 행색을 보아하니 딱 가난뱅이로세.'

영감이 뒤를 슬슬 따라가 보니 한 오십 호쯤 되는 동네가
나타났어.

총각은 마을을 빙 돌아 산기슭에 납작 엎드린 움막으로
들어가더군.

"아이고, 왔냐?"

나뭇짐 부리는 소리에 방문이 열리더니 머리가 허옇게 센
노파가 나오는 거야.

'늙은 홀어머니하고 사는 모양이군. 홀시어머니면
시집살이깨나 시키겠는걸.'

노파는 거적때기를 들추고 부엌으로 들어갔지.

힘이 들었는지 총각은 손바닥만 한 쪽마루에 벌러덩
드러누웠어.

허름한 움막은 겨우 방 한 칸, 부엌 한 칸뿐이었지.
방바닥엔 지푸라기로 엮은 북데기가 깔려 있었고.

‘영락없이 돼지새끼마냥 사는군.’

　부엌에 있던 노파가 낡은 소반에 뚝배기를 받쳐 들고
나왔어.

　노파가 뚝배기를 앞으로 디밀자 총각이 한두 숟가락
떠먹다가 감질나는지 뚝배기를 번쩍 들고는 후루룩후루룩
들이마시네.

　‘나 원 참, 죽도 아니고 멀건 조당수를 갖다준 거여?
어지간히 먹을 게 없나 보군.’

쌀이나 보리 같은 알곡으로 끼니를 때우기 어려운
집에서는 물에 불린 좁쌀을 갈아서 묽게 쑨 미음 같은
조당수로 주린 배를 달랬거든.

그런데 나뭇짐 한 바지게 가득 지고 온 장정이 조당수
한 사발 들이킨다고 배 속이 채워지겠어?

그래도 총각은 빈 뚝배기를 탁 내려놓더니만 배를 쓱쓱
쓰다듬더군. 그러고는 곰방대를 꺼내 잎담배를 맛있게
피우는 거야.

"어이 총각, 이리 좀 와보게나."

집 앞에서 입성 멀쩡하고 점잖아 보이는 영감이 부르는 소리에 총각은 곰방대를 마루에 던지고 얼른 달려갔지.

"자네, 나이가 몇이나 됐나?"

"예, 올해 서른입니다요."

"쯧쯧, 서른이 되도록 어찌하여 장가도 못 가고 그러고 있나?"

영감이 한심하다는 눈초리로 쳐다봤어.

"그게 어디 마음대로 됩니까요? 저도 장가들고 싶은

마음은 굴뚝같지만, 하도 어렵게 사니까 누가 딸을 줘야

말입죠. 시집오면 고생길이 훤한데……"

총각이 고개를 떨구고는 한숨을 푹 쉬더군.

"나한테 딸이 하나 있는데…… 내 사위가 되는 건

어떤가?"

이럴 수가! 내가 장가를 갈 수 있다는 건가?

삼십 먹은 총각한테 이런 얘기는 듣기만 해도 반요기는
되는 셈이지 .

"참말입니까요, 어르신?"

"물론이지. 아들 혼사에 관한 일이니 어머니께
여쭤보게."

말이 채 끝나기도 전에 총각이 방으로 뛰어 들어가더니
다시 득달같이 달려 나왔어.

"어머님은 이제 죽어도 여한이 없을 것 같다고 하십니다.
하나밖에 없는 아들, 총각 귀신 만들까 봐 만날
눈물 바람이었거든요."

"잘됐구먼. 그럼 나랑 약속 하나 함세."

"예, 말씀해 보십쇼."

"우리 집은 여기서 몇천 리나 떨어진 충북 증평일세.
내가 돌아갔다가 딸내미를 데리고 다시 오려면 적어도
넉 달은 족히 걸릴 걸세. 그러니……"

　영감은 몇 월 며칠 점심때쯤 딸을 데리고 올 테니
기다리라고 일렀지.

　"자네 사는 형편을 보니 혼례상이고 뭐고 준비하는 것도
어려울 것 같구먼. 내가 정해준 날을 꼭 기억했다가
깨끗한 물이나 한 사발 준비해 두게. 난 둘이 맞절하는 것만
보고 그길로 돌아갈 테니."

　영감이 돌아가자 총각은 꼭 귀신에 홀린 기분이었어.

영감이 왔던 것도, 영감이 했던 말도 믿기지 않기는
총각의 어머니도 마찬가지였지.

"아무래도 그 작자가 미친 게 틀림없어. 미쳤으니 헛소리를
지껄인 게지. 미친 소리 하고 간 거여."

모자는 도무지 이해가 되지 않았어.

정신이 나가지 않고서야 애비가 되어서 어떻게 이런 집에
자기 딸을 시집보내겠냐고.

아니면, 그 딸이 사람 구실도 못 하는 반푼이거나.

소문은 금세 동네로 퍼져 나갔다네.

동네 사람들은 불쌍한 노모와 늙은 총각을 놀린 그
영감태기가 다시 나타나기만 하면 발목을 비틀어놔야
한다고 한소리씩 해댔지.

몇 달 만에 집으로 돌아온 영감은 득달같이 셋째 딸을 불렀어.

"너는 사나흘 안에 시집갈 준비를 해라."

"예? 저, 저는 아직……."

셋째 딸은 아버지가 왜 그러는지 눈치챘지. 그렇지만 별수 있나? 부모가 시키는 대로 하는 수밖에.

　그래도 체면이라는 게 있으니 영감은 마누라한테 명주를 끊어다 치마저고리를 짓고, 고쟁이와 단속곳, 속저고리, 버선도 마련해 주라고 일렀어.

　"자, 준비됐으면 따라나서라."

　셋째 딸은 눈물 바람 하는 어머니 손을 놓고 가마에 올랐다네.

3

영감이 말한 바로 그날 아침, 총각은 새벽같이 눈을 떴어.
미친 영감쟁이가 헛소리를 지껄였다고 욕을 퍼붓긴 했어도
혹시나 싶어 잠을 잘 수가 없었던 거야.

총각은 어둠이 채 가시지 않은 마당에 나와 댑싸리
빗자루도 마당을 깨끗이 쓸었시.

'내 팔자에 각시는 무슨 각시…….'

총각은 기대감과 불안감으로 연신 담배를 피워댔어.

그런데 이게 웬일이야? 점심때가 되자 정말 영감이 딸을
데리고 나타난 게 아니겠어?

게다가 가마에서 내리는 처자를 보니 이건 영락없이
선녀야! 오동통한 살이 뽀얗고, 콧날이 오뚝한 데다
눈망울이 까맣고 반짝반짝 빛이 났지.

꽃분홍 저고리에 연두색 치마를 입은 셋째 딸이
총각과 노모를 향해 다소곳이 고개를 숙였어.

“어이쿠, 참말이셨구먼요. 고맙습니다, 고맙습니다!”

총각은 너무 좋아서 넙죽 엎드려 영감에게 절을 했어.

“참말이고말고. 어서 청수나 한 사발 갖다 놓게. 둘이
맞절하는 걸로 혼례를 올린 셈 칠 테니 후딱 해치우세.”

마침 동네 사람이 지나가다 그 광경을 보고 뛰어가 마을
사람들에게 알렸어. 원래 이런 소문은 삽시간에 퍼지잖는가.

동네 사람들은 믿기 힘든 소문을 확인하려고 모여들기
시작했어. 손바닥만 한 총각네 마당은 물론이고 움막 앞
좁은 길까지 동네 사람들로 가득 찼지.

"마음 착하게 쓰더니 복을 받았네그려."

"저렇게 고운 처자를 색시로 맞다니! 경사네, 경사."

"평생에 한 번 혼인하는 것인디, 우리가 그냥 있을 수 있나? 십시일반으로 있는 것 들고 와서 혼례상을 차려줍시다!"

동네 사람들은 우르르 흩어졌다가 손에 무언가를 하나둘씩 들고 다시 우르르 모여들었어. 누군가 커다란 명석을 깔고 위에 화문석을 깔자 또 누군가는 커다란 상을 갖다 놓는 거야. 그러자 상 위에 밤, 대추가 그득히 쌓이고 콩, 팥이 놓이고 토실한 암탉, 수탉이 올라왔어.

두 사람이 암탉, 수탉 모가지에 청실홍실을 감는 동안

한쪽에서는 쌀가루로 용떡(가래떡을 굵게 뽑아 양푼에 용 모양이

되도록 서리어 담은 떡)을 쪄서 상 위에 갖다 놓았지.

맑은 술이 담긴 주전자와 잔이 놓이고, 큰 양푼에

대나무를 꽂으니 제법 구색이 갖춰졌네.

총각은 그저 좋아서 입을 다물지 못했고 노모는 덩실덩실

춤을 추었어.

어쨌든 하객이 북적대는 가운데 무사히 혼례가 끝났네.
영감은 뒤도 안 돌아보고 집으로 갔지. 이웃사람들도 모두
돌아가고 작은 움막에 세 식구만 남았어.

저녁때가 되자 색시는 배가 고팠어. 잔치였지만 정작
색시는 하루 종일 쫄쫄 굶었거든.

앞치마를 두르고 부엌으로 들어서자 부엌에 있던
시어머니가 깜짝 놀라 등을 떠미는 거야.

"새아가, 시집온 첫날 무슨 일을 하냐? 오늘은 내가
준비하마. 어여 들어가라."

며느리가 부엌을 나가자 시어머니는 땅이 꺼져라 한숨을 쉬었어. 그토록 고대하던 며느리를 얻긴 했지만 밥 한 그릇 제대로 해줄 수 없는 처지이니 얼마나 속상했겠어?

시어머니는 아들과 며느리 그리고 자신이 먹을 조당수를 세 그릇 끓여서 방으로 들여갔지.

"아가야, 우리 집이 가난해서 먹을 게 이것밖에 없구나. 미안허다."

시어머니는 죄인인 듯 기어들어 가는 목소리로 말했어. 신랑도 미안해서 고개를 떨구었다네. 내심 기대하고 있던 새댁은 조당수를 보자 뭘 먹고 싶은 마음이 싹 사라졌어.

'저걸 어떻게 먹나? 우리 집에선 개도 밥을 먹는데……'

하지만 미안해하는 시어머니와 신랑 앞에서 아무런
내색도 할 수 없었지.

"어머니, 오늘은 속이 좋질 않아 굶는 게 나을 것 같아요.
제 염려 마시고 두 분 먼저 드십시오."

다음 날도, 그다음 날도 시어머니는 며느리를 부엌 근처에
얼씬도 못 하게 했어. 그리고 조당수를 끓여 내왔지.

뱃가죽이 등에 붙을 지경이었지만 새댁은 차마 조당수
뚝배기 앞으로 갈 수가 없었어.

나흘째 되던 날, 새댁은 더는 버틸 수가 없었어.
살려면 먹어야지, 별수 있나?

'어머님과 남편도 저걸 드시고 사는데 내가 뭐라고
조당수를 못 먹을까…….'

시어머니가 상을 들여오자 새댁은 상 앞으로 다가갔어.
그러고는 조당수를 한 숟갈 떠서 조심스레 입에 넣었지.

그런데 이게 웬일이야? 멀건 조당수 맛이 친정에서 먹던
하얀 쌀밥보다 훨씬 구수하고 맛나잖아!

내리 사흘을 굶어서 그런지 배 속에서 더 달라고
아우성을 치더라고.

새댁은 한 그릇을 뚝딱 해치웠어. 그제야 시어머니와
신랑의 얼굴이 확 펴졌다네.

"미안하오. 내 더 열심히 일해서 어머니와 당신에게
쌀밥을 먹을 수 있게 해주리다."

신랑이 목이 메어 말했어.

“어려운 집에 시집와서 밥 한 끼 제대로 못 먹고…….
내 아직 기운이 있으니 넌 밥하고 빨래 같은 것 할 생각
아예 말아라.”

　정말 가랑이가 찢어지게 가난한 것 빼고는 시어머니나
신랑이 색시를 그렇게 위할 수가 없었지.

　‘에잇, 안 되겠다.’

　어느 날 신랑이 시장에 나가 커다란 도끼 한 자루를
사왔어. 그러고는 날이면 날마다, 하루도 쉬지 않고 산천을
돌아다니며 참나무를 베는 거야.

시어머니는 점심때마다 아들에게 조당수를 들고 날랐지.

"어머님, 서방님 점심은 제가 가지고 갈게요."

색시는 연로하신 시어머니가 산길을 헤매는 것이

걱정되었어.

"아이고, 너는 그런 데 못 간다. 온통 나무에 바위,
가시덤불 투성이를 어떻게 헤치고 간단 말이냐?"

시어머니는 절대로 안 된다며 손사래를 쳤어. 그 뒤로도
여러 차례 얘기했지만 소용없었네.

색시는 더는 안 되겠다 싶었지.

"오늘은 세상없어도 제가 가겠습니다. 저만 편하게 있을
수는 없지요."

며느리가 끝까지 고집을 부리자 시어머니는 하는 수 없이
앞장섰어. 며느리는 산길을 모르니까.

시어머니 뒤를 따라가면서 색시는 눈시울이 뜨거워졌어.

'서방님과 시어머님께서 매일 이렇게 험한 길을
오르내리셨구나. 앞으론 내가 더 잘해 드려야지.'

신랑은 참나무를 구워 숯으로 만들어 팔 생각이었어.
나무를 베어 파는 것보다 벌이가 낫다는 말을 들은 거지.

마침 그날은 숯가마에 참나무를 넣고 숯을 굽는
날이었어. 참나무를 가마에 넣고, 불을 때고, 구워진 숯을
들고 나오고 또 들어가고 하다 보니 온몸에 검댕칠을
한 꼴일세그려.

뜨거운 가마 안에서 숯을 굽느라 얼굴은 땀범벅에

번들거리고, 땀을 타고 흐르는 검댕에 눈이 따끔거렸지.

'힘들어도 열심히 일해야 해. 어머니와 각시를

위해서라도!'

순간 멀리서 어머니와 색시가 올라오는 것이 보였어.

색시 모습을 보자 신랑은 이를 드러내며 씩 웃었어.

그동안 어머니만 오다가 색시까지 찾아오니 얼마나 좋던지!

"서방님, 어서 드셔요."

신랑은 색시가 내어놓은 조당수를 후루룩후루룩 마셨어.
조당수가 오늘따라 더 꿀맛이야.

신랑은 그늘에 앉아 곰방대를 꺼내서 잎담배를 꾹꾹 눌러
넣고 뻐끔거렸어.

그사이 색시는 신랑이 만든 숯가마를 천천히 둘러보았지.

"앗, 저것은!"

색시는 깜짝 놀랐어. 숯가마의 이맛돌도 받쳐놓은 것이
순금덩이였던 거야! 신랑은 금이라곤 본 적이 없어서 그냥
누런 돌쯤으로 생각하고 있었던 게 분명해.

“서방님, 굽던 숯은 다 버리고 저 이맛돌이나 빼서
집으로 갑시다. 어서요.”

영문을 모르는 신랑이 각시의 말에 펄쩍 뛰었어.

“이맛돌을 빼라니요? 그러면 가마 천장이 꺼지고
말아요!”

숯가마를 짓느라 얼마나 생고생을 했는데, 그걸
무너뜨린다니 말도 안 되는 소리였지.

“걱정 마시고 제 말을 들으세요. 앞으로 좋은 일이
있을 거예요.”

색시는 신랑을 살살 달랬어. 그 돌이 황금이라고 말할까
하다가 그냥 입을 닫았어. 괜히 말을 꺼내 그 말이 퍼져
나가면 일을 그르칠까 싶어 당분간 비밀에 부치기로
한 거야.

"이번엔 새애기 말을 듣는 게 좋겠다. 새애기는 우리보다
세상 물정을 잘 알 테니 믿고 따라보자."

어머니까지 거드시니 마음은 안 내키지만 어쩌겠나?

신랑은 울상을 지으며 이맛돌을 힘껏 잡아당겼어.
그러자 이맛돌이 쑥 빠지면서 천장이 풀썩 내려앉고
숯가마가 푹 꺼졌지.

신랑은 이맛돌을 잡은 채 두 다리를 뻗고 통곡했네.

"서방님, 울음 뚝 그치고 이맛돌이나 짊어지고

내려가세요."

그 말에 신랑은 낑낑거리며 짊어지고 온 이맛돌을

울도 담도 없는 움막 바깥에 부려놓았지.

색시가 시어머니와 신랑에게 일렀어.

"하루에 몇 번이고 밖에 나갔다 올 때는 빈손으로

들어오지 말고 돌멩이를 주워다 이맛돌 있는 쪽에

던져놓으세요."

두 사람은 틈나는 대로 돌아다니며 목침만 한 돌멩이들을
주워다 이맛돌 있는 곳에 던졌어. 색시도 집안일을 하고
나면 주변을 돌아다니며 돌멩이를 주워 왔지.

한 달 넘게 그렇게 하자 돌무더기가 꽤 높이 쌓였네.
동네 사람들은 돌무더기를 보고 이상하다며 쑥덕거렸어.

"이제부턴 이 돌들을 하나하나 이를 맞춰가며 돌려
쌓으세요."

신랑은 색시 말대로 돌을 차곡차곡 쌓았지. 그러다 보니
어느덧 돌담이 성이 되더군.

초라한 움막뿐이던 이 집에 돌로 된 성이 생겼다는
소문은 멀리까지 퍼져 나갔어.

제법 높고 튼튼한 성이 완성되자 색시는 성 꼭대기까지
올라갈 수 있게 발판을 만들라고 했어. 그러고 나서
신랑에게 이맛돌을 메고 올라가 성 꼭대기에 떠억
올려놓으라고 했지.

게딱지만 한 움막집에 높다란 성, 그 꼭대기에 얹혀 있는
커다란 황금 덩어리.

참 기이한 광경이 아닌가?

다음 날 아침, 산 아랫동네에 사는 부자가 일찌감치

일어나 볼일을 보면서 하늘을 바라보았어.

그런데 산기슭 쪽에 햇빛을 받아 번쩍 빛나는 것이 눈에

띄는 거야.

부자는 눈을 한 번 꿈쩍 감았다 뜨고 나서 다시 빛이

나는 곳을 바라보았지. 저건 분명 황금 덩어리야!

부자는 급히 하인을 불렀어.

“너 저기 보이는 움막집으로 당장 찾아가 우리

노적가리와 돌담하고 바꾸자고 해보아라.”

하인은 쏜살같이 달려가 신랑에게 말했어.

"우리 영감님께서 노적가리와 자네네 돌담하고 바꾸자고
하신다."

조당수나 간신히 먹고 사는 집이라 그렇게 말하면
두말 않고 그러자고 할 거라고 생각한 거지.

"나는 몰라요. 우리 집 일은 안사람이 알지."

사실 신랑은 색시가 시키는 대로 했을 뿐이잖나.

"그럼 자네 색시한테 가서 물어보게나."

신랑은 방 안에 있던 색시에게 부자의 말을 전했어.

"서방님, 바꾸기는 바꾸되 노적가리부터 주어야 돌담을
준다고 하세요."

신랑이 하인에게 그렇게 전하자 하인이 달려가 부자에게
그대로 전했다네.

부자는 수염을 쓰다듬으며 잠시 생각하더니 아무 날 와서
노적가리를 실어 가라고 했지.

바로 그날, 신랑이 어렵게 달구지를 빌려 노적가리를

실으러 갔네.

그런데 무슨 까닭인지 맨 꼭대기에 있는 쌀가마는

내려놓고 나머지만 주는 거야.

신랑은 색시에게 본 대로 얘기를 전했지. 그랬더니 색시가

고개를 끄덕이며 이렇게 말했어.

"그 댁에서 돌담을 가지러 오거든 우리도 맨 꼭대기에

있는 놀 하나는 내려놓고 주세요. 아셨죠?"

다음 날, 부잣집 하인들이 돌을 실으러 오자 신랑은
누런 이맛돌을 한쪽으로 내려놓았어. 진짜배기는 빼놓은
거야.

"내가 노적가리를 가지러 갔을 때 꼭대기에 있는 쌀
한 가마를 내려놓고 줬잖수. 그러니 우리도 맨 꼭대기에
있는 큰 돌 하나는 내려놓고 드리리다."

하인이 신랑의 말을 들으니 그게 맞는 것 같거든.

돌이 워낙 많아 하인 몇 명이 달라붙어 며칠을 꼬박
날랐어.

그런데 어쩐 일인지 부자가 아무리 눈 씻고 쳐다봐도
그 많은 돌멩이들 중에 빛이 나는 돌멩이가 보이지
않네그려.

"아이고, 금이란 놈에 조화가 붙었나? 진짜
생금덩이는 어디로 날아가고 헛돌만 들고 왔구나!"

그러나 이미 때는 늦었어. 거래가 끝난 거야.

궁리를 하던 색시는 신랑에게 장에 나가 쌀 몇 가마를
팔아 오라고 했어.

“서방님, 노잣돈은 풍족히 드릴 테니 저 누런 돌을 들고
한양으로 가세요. 그곳에 가면 이것을 사겠다는 임자가
나설 거예요. 이걸 팔면 우리 식구 모두 편안하게 살 수
있어요.”

색시가 죽으라면 죽는 시늉이라도 하는 신랑인지라
싫다고 할 수 없었지. 더구나 어머니와 색시가 편안히 살 수
있다는데 어떻게 마다하겠어?

‘한양이 있다는 말만 들었지, 한양이 어디 붙었는지도
모르고 몇백 리, 몇천 리 되는지도 모르는데 큰일이네.
게다가 저 돌덩이까지 지고 가야 하니, 난 이제 죽었네.’

색시에게 떠밀려 신랑은 한양으로 떠났어.

무거운 금덩어리를 짊어지고 가느라 첫날은 삼십 리,

둘째 날은 이십오 리, 그 이튿날은 십오 리밖에 걷질 못했어.

며칠 지나서는 기운이 빠져 하루 십 리도 채 가지 못했지.

겨우겨우 발걸음을 옮겨 마침내 한양에 도착했다네.

사람들이 어찌나 많은지 눈이 빙글빙글 돌 지경이었어.

색시 당부대로 신랑은 주막을 정해놓고 운종가로 나갔지.

"한양에 가시거든 운종가 한가운데에 그 돌을 잘 보이게 놓아두세요. 그럼 며칠 지나지 않아 임자가 나설 거예요."

신랑은 색시 말만 믿고 하루, 이틀, 사흘…… 며칠을 기다렸어. 그러나 다들 입 벌리고 구경만 할 뿐 누구도 사겠다는 사람은 없었어.

'이걸 지고 여기까지 오느라 얼마나 고생했는데……. 각시가 뭣도 모르면서 지 서방을 욕보이는군.'

신랑은 색시를 원망했어. 벌써 한양 생활이 넌널머리가 난 거지.

열흘째 되던 날, 신랑은 굳게 마음먹고 주막을 나섰어.

'오늘까지도 임자가 안 나타나면 이놈의 돌덩어리 예다
던져두고 집으로 가버려야지.'

그런데 점심때가 지나고 해거름이 되도록 아무도 묻는
사람이 없네. 내일은 시골로 돌아가는구나 생각하며 자리를
정리하려는 순간이었어.

관을 쓰고 도포를 차려입은 점잖은 노인 셋이 다가오더니
누런 놀덩이를 빙빙 돌아가며 살펴보는 섯이 아닌가!

"오늘 아주 좋은 물건이 나왔구먼."

"이거 자네 건가?"

신랑은 반색했어. 드디어 때가 온 건가 싶었지.

"네, 제 겁니다."

"이거 얼마면 팔겠나?"

신랑은 뭐라고 대답을 해야 할지 몰라 머뭇거렸어.
산에서 주운 돌멩이인데 얼마 달라고 해야 할지 도무지
알 수 없었거든.

세 노인이 잠시 수군거리더니 이렇게 말하는 거야.

"갖고 나온 돈이 없어 그런데, 만 냥이면 어떻겠나?"

돌멩이 하나에 만 냥이라니, 신랑은 놀라서 말도 못 하고 '아!' 소리를 냈어.

그러자 노인은 돈이 적다는 뜻인 줄 알고 다시 이렇게 말했지.

"이만 냥에 하세."

신랑은 더 놀라서 더 크게 '아!' 하고 소리를 냈어. 그럴 때마다 노인은 또 오해하고 삼만 냥, 사만 냥, 계속 가격을 올리는 거야.

"자, 십만 냥으로 결정하세. 우린 이제 더 올릴 수가 없네. 금덩어리가 좋아서 그런 거니 우리 여기서 결정하기로 하지."

십만 냥이라는 소리에 신랑은 뒤로 넘어갈 뻔했어. '아' 소리 열 번에 금값이 열 배나 뛰다니!

'헉, 저 돌덩어리가 금이었어!'

가격을 흥정한 노인이 집에 가서 돈을 줄 테니 신랑에게 함께 가자고 하더군.

신랑은 금덩어리를 짊어지고 노인을 따라갔지.

　노인은 으리으리한 기와집으로 들어갔어. 그러고는

커다란 창고로 가더니 세 겹이나 되는 문을 열고

그 안에다 금덩어리를 내려놓게 했다네.

　노인은 다시 창고 문을 닫으면서 겹겹이 자물쇠를 채우고

나왔어.

　"한동안 객지에서 고생했을 텐데 배불리 많이 먹게나."

　신랑은 그 집에서 차려준 맛난 음식을 보자 어머니와

색시가 생각났어.

조당수마저 못 먹고 있는 건 아닌지……

노인은 신랑이 사는 곳과 색시 이름을 물었어. 그러고는
신랑이 일러주는 대로 종이에 적었지.

"앞으로 며칠간 우리 집에 머물면서 푹 쉬게. 한양 구경도
다니면서 말일세."

노인은 아침마다 하인을 시켜 신랑에게 넉넉히 여비를
챙겨 주었어.

신랑은 어슬렁어슬렁 한양 구경을 하며 돌아다녔지.
영감이 언제 돈을 줄지 궁금하긴 했지만 노인을 통 볼 수가
없으니 묻지도 못했다네.

4

노인은 신랑에게 주소와 색시 이름을 받아 적은 그 이튿날부터 말에 엽전을 가득 넣은 전대를 실어 매일매일 신랑 집으로 보냈어.

금덩이 주인이 열 이상은 셈을 하지 못한다는 걸 알고 미리 손을 써서 집으로 논을 보냈넌 섯이야.

신랑의 소식을 학수고대하던 색시는 돈을 가득 실은 말이

도착하자 비로소 얼굴에 화색이 돌았어.

'다행히 서방님이 금값을 제대로 받고 파신 모양이구나.'

연이어 돈이 들어오고 돈더미가 쌓이자 색시는 움막을

모두 헐어버리고 널따랗게 터를 닦았어.

그런 다음 최고의 목수를 열댓 명 불러서 기와집을

이리 한 채, 저리 한 채, 요리 한 채, 조리 한 채 해서 모두

네 채를 빙 둘러 근사하게 지었지.

집을 다 지었는데도 한양에서 날마다 돈을 보내오네.

때마침 인근 부잣집에서 논을 판다는 소문이 들려왔어.

'이렇게 돈을 쌓아두느니 논을 사자. 서방님 오시면

농사지을 수 있게.'

언제까지 돈이 올지 모르지만 나중에 살 궁리는 해둬야 할 것 같았거든. 토지 값을 다 치렀는데도 엽전이 든 전대는 창고에 계속 쌓여갔어.

'남부럽지 않게 큰 기와집도 지었고, 이 동네에서 제일 넓은 논과 밭도 사놨으니 이제 뭘 하면 좋을까?'

색시는 궁리 끝에 가축들을 사들이기 시작했네. 소와 말, 염소, 닭, 오리, 토끼, 개 할 것 없이 온갖 가축들이 집만큼이나 넓은 외양간과 마구간, 우리 등에 그득 들어찼지.

그러고 나서도 한 이틀 동안 더 돈이 실려 온 후에야 끊기더군.

80

마침내 신랑이 집에 갈 노자만 남기고 색시에게 돈을 다 보낸 날, 노인이 신랑을 불렀어. 사실 영문을 모르는 신랑은 영감이 돈을 안 주니 돌아갈 수도 없고, 답답해서 죽을 지경이었지.

"자네, 집에 안 갈라나?"

"무슨 말씀을요. 가야지요."

신랑은 얼른 짐을 챙겼어. 노인이 두둑한 전대를 하나
건네자 신랑은 허리를 굽실거렸지.

"아이고, 감사합니다요."

전대에 가득한 돈이 금값의 전부라고 생각한 신랑은
날듯이 집으로 향했어.

'이 돈으로 땅도 사고 집도 사고, 우리 어머니와 예쁜 색시
쌀밥도 먹이고 떡도 사줘야지!'

그러나 시골까지 좀 먼 길이야? 가면서 잠도 자고 밥도
먹고 술도 사먹고 하다 보니 노자를 다 써버리고 말았네.

이제 남은 이십 리 길이야 금세 걸어갈 수 있지만, 금덩어리 판 돈을 모두 써버렸으니 이를 어쩌누. 신랑은 무슨 낯으로 어머니와 색시를 볼지 눈앞이 깜깜했어.

"어쩌면 좋을꼬. 그 돈으로 집도 짓고 땅도 사려고 했는데……. 집에 어떻게 들어가나."

신랑은 자신의 행동을 한탄하며 울었어. 그렇다고 집에 안 갈 수도 없잖아? 신랑은 식구들 보고 싶은 생각에 마음을 다잡았지.

그런데 이게 웬일이야? 세 식구가 살던 움막은 온데간데없고 대궐 같은 기와집이 네 채나 떡하니 들어서 있는 거야.

신랑은 어머니와 색시가 어디로 쫓겨난 건 아닌가 싶어 가슴이 덜컥 내려앉았지.

'우리 식구들 간 곳을 알려면 아무래도 이 집에 물어봐야 할 것 같은데…….'

신랑은 열려 있는 대문 한쪽에 고개를 들이밀고 떨리는 목소리로 물었지.

"저, 말씀 좀 여쭙겠습니다요."

인기척에 대청마루에 있던 색시가 신랑을 발견하고선 버선발로 뛰어나오네.

"에구, 서방님! 고생 많으셨어요. 어서 들어가시어요."

색시가 신랑의 손을 잡아끌었어.

아들의 목소리를 듣고 어머니도 달려 나오는데, 고운 비단 치마가 나비 날개처럼 펄럭이는 거야.

"어떤 부자가 여기다 집을 지은 모양인데, 생활이 어려워 여기서 식모살이를 하는 거요?"

"일단 늘어가세요, 서방님. 자초지종은 들어가서 말씀 드릴게요."

신랑이 안방을 들여다보니 소란반자(우물 정(井) 자 모양으로 틀을 짜 맞춰 그 사이마다 기다란 나뭇조각을 덧댄 천장)에 폭이 넓고 두툼한 장판이 화려하고, 네 귀에 풍경을 매달아 '뎅그렁뎅그렁' 소리도 좋은 거라.

색시가 내어준 깨끗한 바지저고리로 갈아입는 동안 음식을 가득 차린 상이 들어왔어.

"시장할 텐데 어서 들어라."

어머니가 고기반찬을 아들 앞으로 디밀었어.

신랑이 알록달록 보기 좋은 음식들을 하나씩 입에 넣어보는데, 어찌나 맛이 좋은지 혓바닥이 장군 말 채듯이 하고, 목젖이 헌다 말하고, 배꼽이 하하 웃도록 배불리 먹었다네.

“그런데 이건 누구 집이오?”

배가 부르자 정신이 드는지 신랑이 색시에게 물었어.

“서방님이 그때 짊어지고 간 돌덩이가 바로 황금 덩어리였어요. 그걸 팔아서 서방님이 돈을 보내주어 집도 짓고 논도 사고, 가축도 없는 게 없이 사놓았답니다. 힘드실 테니 오늘은 푹 쉬시고 내일 천천히 구경하세요.”

신랑과 색시는 원앙금침을 베고 꿈같은 단잠을 잤지.

다음 날, 아침을 먹고 집 구경을 하는데 얼마나 볼거리가
많은지 야심한 밤까지 돌아다녀야 했네.

그다음 날은 들 구경을 나갔지. 색시는 신랑을 떡하니
앞 논으로 데리고 갔어.

"여기 서방님 이름이 적힌 말뚝을 보세요. 여기부터 저기
검은색 말뚝 있는 데까지가 우리 논이에요."

색시는 손가락으로 까마득히 멀리 있는 말뚝을 가리켰어.

색시는 놀라서 입을 다물지 못하는 신랑을 이번에는

드넓은 밭으로 안내했지.

"이것도 서방님 이름입니다. 저 멀리 검은색 말뚝 있는

데까지가 우리 밭이에요."

신랑은 눈물을 글썽이며 색시 손을 꼬옥 잡았다네.

어느 날, 셋째 딸은 친정아버지한테 서찰을 썼어.

하지만 친정아버지는 못사는 딸에게서 온 서찰을 뜯어보지도 않았어. 읽어봐야 무슨 내용인지 뻔한 노릇이거든.

돈을 달라든지 양식을 달라든지, 뭐든 보태달라는 뭐 그런 내용일 거라고 생각했지.

셋째 딸은 일 년 삼백육십오 일, 날마다 서찰을 써서 부쳤어. 친정아버지는 서찰이 도착하면 보지도 않고 다락 안으로 집어던졌지.

그렇게 일 년이 흐르고 이 년이 지나고…… 어느덧 칠 년이 넘어가네.

'칠 년을 부쳐도 아버지가 안 오시는 걸 보면 아버지가 나를 딸로 여기지 않는 것이니, 나도 아버지가 없는 것으로 생각하고 살아가야겠다.'

마지막 서찰을 부치며 셋째 딸은 그렇게 다짐했지.

친정아버지는 대청마루 한편에 놓인 마지막 서찰을

다락으로 휙 던졌어.

그러나 더 이상 들어갈 자리가 없었던지 서찰이 아래로 툭

떨어지는 거야.

친정아버지는 아궁이 불쏘시개로나 써야겠다고

생각하다가 문득,

"칠 년 동안 서찰을 보낼 정도면 웬만큼 먹고 산다는

애긴데⋯⋯"

하면서 서찰을 뜯어보았어.

편지에는 별 내용은 없고 그저 한번 와서 노시다 가라는
말뿐이었다네.

혹시나 싶어 다른 것도 뜯어보니 모두 비슷한 안부
인사야.

셋째 딸이 시집간 뒤로 가세가 기울기 시작하더니
천석꾼이던 집안의 재산은 겨우 논 네 마지기와 집만 남은
상태였어.

떠들썩하게 시집보냈던 두 딸도 집이 망해서 조선 팔도를
개파리 퍼지듯 빌어먹으러 다니고 있었지.

그런 찰나에 서찰을 읽으니 아버지는 갑자기 막내딸이 어떻게 사는지 궁금해졌어.

"그래, 달라는 건 없으니 죽기 전에 한 번 다녀오자."

아버지는 기억을 더듬어 셋째 딸네 집을 찾아갔어. 그런데 초라한 움막은 간데없고 고래 등 같은 기와집 네 채가 떡하니 버티고 있는 게 아니겠어?

'흠, 집터가 좋으니까 어떤 부자가 여길 사서 집을 지었나 보군. 그래도 이 집 주인한테 물어봐야 우리 딸 간 곳을 알 수 있겠지?'

아버지는 한쪽만 열려 있는 대문으로 고개를 들이밀고 들여다보았어.

"아버지!"

마침 대청마루에 앉아 있던 셋째 딸이 반갑게 아버지를 불렀어.

"이게 어찌된 일이냐? 이집 참모 노릇이라도 하는 게냐?"

"아닙니다, 아버지. 우리 집이에요. 그동안 어찌어찌해서 돈을 좀 벌었습니다. 오늘은 먼 길 오시느라 고생하셨으니 편히 쉬시고 내일 구경하세요."

아버지는 딸이 차려준 저녁을 맛있게 먹고는 비단 이불을 덮고 이내 곯아떨어졌다네.

다음 날, 아버지는 해 질 녘까지 집 안 구경을 하고 그다음 날은 논과 밭을 구경했어.

지난날 셋째 딸이 제 복으로 잘 먹고 잘 사는 거라고 대답해서 화가 나, 이 산골 움막 거렁뱅이 총각한테 시집보냈던 영감이잖나.

그런데 자기는 망하고 셋째 딸은 부자가 됐으니 할 말이 없을 수밖에.

셋째 딸네 집에 며칠 머물던 아버지는 집으로 돌아갈
채비를 했어.

"더 쉬고 가시지요. 참, 언니들은 어떻게 지내나요?"

"말도 마라. 네 두 언니들은 쫄딱 망해서 조선 팔도로
개파리 헤집듯 빌어먹으러 다닌다. 애비도 지금 사는 집하고
겨우 논 네 마지기 남았을 뿐이다."

"그러면 제가 돈을 넉넉히 드릴 테니까 두 언니네 식구들
모두 찾고, 어머니 아버지께서도 고향집 정리하고 여기로
오셔서 저희랑 함께 사세요. 애초에 그리 하려고 기와집을
네 채 지은 거예요."

아버지는 너무 미안해서 딸 얼굴을 볼 수가 없었어.

셋째 딸은 아버지 봇짐에 돈을 한가득 넣어드렸지.

이 집은 늘 대문 한쪽은 열어놓고 다른 한쪽은 닫아놓고
지냈어.

그런데 셋째 딸이 얼른 앞으로 가더니 닫아놓은 대문
고리를 따주면서 아버지에게 이렇게 말하는 거야.

"아버지, 이 문을 한번 열었다 닫았다 해보고 가십시오."

아버지는 '왜 그러지?' 하면서도 딸이 시키는 대로
대문 고리를 잡아당겼지.

보통 대문을 잡아당기면 '삐거덕' 소리나 '빠드득' 소리가
나는데 아버지가 대문을 잡아당기니 큰 소리로 느리게
"내―복―내―복―" 하는 게 아니겠어?

이번에는 좀 더 빠르게 문을 여닫으니 덩달아 빠르게
'내- 복- 내- 복-' 하는 소리가 들리더라니까.

아버지는 자신의 잘못을 추궁하는 것 같아 오금이 저렸어.

아버지는 셋째 딸이 준 돈으로 조선 팔도를 다니며
빌어먹고 사는 두 딸과 그 사돈네 식구들까지 다
찾아 모았어.

그리고 얼마 남지 않은 자기 재산을 정리한 뒤 이십여 명
대식구를 이끌고 셋째 딸네 집으로 찾아갔지.

셋째 딸과 사위, 노모는 식구들을 반갑게 맞아주었다네.

"모두들 잘 오셨어요. 지금부턴 네 것 내 것 따지지 말고
서로 돕고 의지하면서 살아요."

셋째 딸은 어머니와 아버지, 두 언니에게 각각 집을

한 채씩 주고 논과 밭도 똑같이 나누어 주었어.

친정아버지는 셋째 딸 복으로 말년에 부귀영화를

누리다가 저세상으로 편히 가셨다지, 아마.

스스로 읽는 성취감, 스스로 완성하는 글짓기, 어르신 이야기책을 소개합니다!

도서출판 지성사에서 어르신들의 인지 기능을 활성화할 수 있는 우리나라 대표 문인들의 작품을 모아 큰글자책 〈어르신 이야기책〉을 펴냈습니다. 이 시리즈는 어르신들의 집중도에 따라 책을 선택할 수 있도록 글의 수준이 아닌, 원고 분량으로 나누었습니다. 긴글(70~120매), 중간글(40~70매), 짧은글(40매 미만) 그리고 그림책입니다.

짧은글

중간글

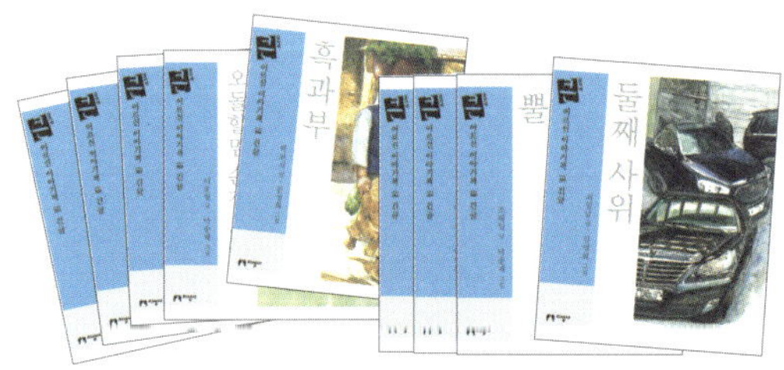

긴글

그림책

<어르신 이야기책>은 어르신들께서 쉽게 책 한 권을 완독하는 성취감을 느끼게 해줍니다. 우리나라 대표 문인들의 작품이라 문장의 완성도 또한 높습니다. 무엇보다 회상작용이 일어날 수 있는 소재의 작품들로 구성되어 있어, 어르신들의 인지 기능 활성화(치매 예방)에 큰 도움이 됩니다.

특히 그림책에는 두 가지 기능이 있습니다. 첫 번째는 집중도가 떨어지는 어르신들이 그림에 곁들인 한 줄 글을 마중물 삼아 당신의 기억 속 이야기를 말씀할 수 있게 유도합니다.

그림책 014 《내게도 딸이 있었으면》 남인희 그림, 본문 20~21쪽 중에서

※ 여백에 어르신이 직접 글을 지어 채웠습니다.

　두 번째는 문해학교 등에서 어르신들이 스스로 글을 짓는 데 활용됩니다. 그림책에는 그림과 한 줄 글이 제시되어 있고, 여백이 있습니다. 어르신이 직접 글을 지어 채우는 공간입니다. 글을 완성한 후 표지에 이름을 적어 넣으면 세상에 한 권뿐인 어르신의 책이 완성됩니다.

※ 글짓기를 한 어르신의 이름을 적습니다.
　어르신이 저자가 된 책 완성!!